Wenn ich Angst bekomme, setze ich mein Vertrauen auf dich.

Psalm 56,4

LIEBE LESERIN, LIEBER LESER,

es freut mich, dass dieses Heft den Weg zu Ihnen gefunden hat! Haben Sie es geschenkt bekommen, eher zufällig entdeckt oder haben Sie ganz gezielt nach Mut machenden Impulsen gesucht? Es gibt so vieles, was uns Angst machen will. Ganz gleich, ob sie im Zusammenhang mit einer konkreten Situation sehr massiv auftritt oder eher leise überall mitschwingt wie eine anhängliche, aber unliebsame Weggefährtin: Es lohnt sich, sich mit der Angst auseinanderzusetzen und nach Wegen zu suchen, um in Zukunft besser mit ihr umgehen zu können.

Das vorliegende Heft lädt Sie genau dazu ein. Erfahren Sie mehr darüber, wo die Angst ihren Ursprung hat, auf welche Arten sie sich äußern kann und was sie im Leben eines Menschen bewirkt. Tauchen Sie ein in die Bibel und lesen Sie, was andere in Zeiten der Angst mit Gott erleben durften – und natürlich auch, was die Bibel grundsätzlich zum Thema Angst zu sagen hat. Sie werden feststellen: Gott fühlt mit, er ist an Ihrer Seite und hat Gutes für Sie im Sinn. Ein Leben voller Ängste und Sorgen gehört ganz sicher nicht dazu!

Bevor Sie starten, werfen Sie gerne auch noch einen Blick auf die Seiten 4 und 5. Dort finden Sie einige nützliche Informationen zum Aufbau dieses Themenheftes sowie Tipps, wie Sie es mit möglichst viel Gewinn lesen können.

Viele Mut machende Entdeckungen beim Lesen wünscht Ihnen

Nicole Sturm

Nicole Sturm ist Theologin und arbeitet als psychotherapeutischer Coach in eigener Praxis in Norddeutschland. Sie liebt guten Kaffee, Bücher, Sonne, Meer, tiefe Gespräche und natürlich Gott. www.vorwärtsleben.de

e Donovan – Unsplah.com

Herzlichen Glückwunsch zum Erwerb dieses Themenheftes! Sicherlich hat es einen guten Grund, warum Sie gerade dieses ausgewählt haben. Sie dürfen auf 18 Impulse gespannt sein, die „Ihr" Thema auf der Grundlage der Bibel von verschiedenen Seiten beleuchten und Sie voranbringen wollen.

Die Themenhefte sind undatiert. Das bedeutet: Sie allein entscheiden, in welchem Zeitraum Sie die Impulse lesen wollen oder in welchem Rhythmus, ob einen Impuls pro Tag oder pro Woche oder ...

Bevor Sie das Heft aufschlagen, können Sie Gott bitten, dass er durch den Impuls in Ihre Situation hineinspricht.

Die Impulse starten mit Gedanken, die Sie im Alltag abholen und zu den ausgewählten Bibelworten hinführen wollen.

Lassen Sie sich nun überraschen, was die Bibel zum jeweiligen Thema sagt. Die Bibeltexte, auf denen die Impulse basieren, finden Sie am Ende des Hefts. Sie haben allerdings noch mehr vom Bibellesen, wenn Sie Ihre eigene Bibel zur Hand nehmen und die angegebenen Abschnitte direkt dort lesen. Und wenn Sie dann noch ein paar Verse vor und nach der Bibelstelle lesen, werden Sie zusätzliche Entdeckungen machen.

Lesen Sie nun den Gedankenanstoß zum Bibeltext. Wo finden Sie sich wieder? Worüber wollen Sie weiter nachdenken? Mit wem wollen Sie vielleicht darüber reden? Vertrauen Sie sich im Gebet Gott an und bitten Sie ihn, Ihnen bei der Umsetzung des Erkannten zu helfen.

Probieren Sie ruhig mutig den Handlungsimpuls am Ende aus. Lassen Sie Gedanken zu Taten werden. Finden Sie heraus, wie Sie in Ihrer Situation mit Gottes Hilfe die Angst besiegen können.

Mit der Bibel Neues entdecken – Tipps

Stellen Sie sich das Bibellesen doch einmal vor wie einen wunderschönen Urlaub. Damit Sie den so richtig genießen können, finden Sie im Folgenden ein paar wertvolle Tipps. Am meisten haben Sie davon, wenn Sie sich an jedem der 18 „Urlaubstage" ein ruhiges und bequemes Plätzchen suchen. Und das zu einer Tageszeit, in der Sie möglichst ungestört sein können.

Ankommen

Gott ist da und hört Sie. Schütten Sie ihm Ihr Herz aus und bitten Sie ihn, durch die Bibel zu Ihnen zu reden.

Entdecken

Lesen Sie den angegebenen Bibeltext im Heft oder besser noch in Ihrer eigenen Bibel. Am besten mehrfach und ruhig halblaut. Das erleichtert die Konzentration. Lassen Sie sich mitnehmen in die Welt der Bibel und entdecken Sie Altes neu und Neues zum ersten Mal.

Vertiefen

Nehmen Sie sich Zeit, selbst Entdeckungen zu machen. Welcher Satz, welches Wort spricht Sie an? Was erfahren Sie über Gott oder Jesus?

Austauschen

Was hat Gott Ihnen heute durch die Bibel gezeigt? Sind Sie ermutigt worden? Sind Sie auf etwas aufmerksam geworden? Sprechen Sie mit Gott über Ihre Fragen oder neuen Erkenntnisse.

IMPULS 1

DAS ALLERERSTE MAL

Erinnern Sie sich an das allererste Mal, als Sie Angst vor etwas oder jemandem hatten? Und an das letzte Mal? Angst gehört nicht zu den Gefühlen, die man gerne hat. Sie unterscheidet sich vom als positiv empfundenen Nervenkitzel, den man beim Lesen von Thrillern oder Ähnlichem empfindet. Angst begegnet uns in ganz unterschiedlichen Situationen – mal ganz leicht, dann wieder so heftig, dass sie uns die Luft zum Atmen raubt.

	1. Mose 3,10	Seite 42

Es ist das erste Mal, dass ein Mensch Angst erlebt. Es ist ein ganz neues, sicherlich verunsicherndes Gefühl. Adam schämt sich, weil Gott ihn nackt sieht. Die Angst ist so groß, dass er meint, etwas dagegen unternehmen zu müssen: Er versteckt sich. Nun ist es nicht so, dass Adam bisher immer bekleidet im Garten Eden unterwegs gewesen wäre. Er ist schon immer nackt gewesen. Was hat sich verändert? Adam und Eva haben Gott misstraut. Sie haben den Worten der Schlange, die Gott Böses unterstellte, mehr Glauben geschenkt als ihrem Schöpfer. Dieser Vertrauensbruch, auch Sündenfall genannt, verändert vieles. Eine Veränderung ist, dass Angst in das Leben der Menschen tritt. Etwas, was Gott nie für seine Geschöpfe im Sinn hatte – weder für Adam und Eva noch für Sie oder irgendeinen anderen Menschen.

Angst
Gott hat Besseres im Sinn

Nehmen Sie sich einen Augenblick Zeit, um sich vor Augen zu halten, dass Gott nie ein Leben voller Angst für seine Geschöpfe gewollt hat. Er möchte Ihr Glück, nicht Ihr Unglück!

Kleine Angst-Infothek

Jeder kennt sie, viele reden über sie: die Angst. Wie verschiedenartig sie sich äußern kann, ist vielen dennoch nicht bekannt. Aus diesem Grund hier ein kleiner Überblick, um zu zeigen, was alle Ängste gemeinsam haben, aber auch, was sie voneinander unterscheidet.

Zu allererst einmal sei gesagt, dass Angst nicht zwingend logisch begründbar ist. Manches ist nicht an sich schon angsteinflößend. So gibt es Menschen, die Angst im Dunkeln haben, während andere es lieben, nachts draußen zu sein, um sich die Sterne anzuschauen und die Ruhe zu genießen. Ob wir etwas als Angst machend einstufen, hat viel mit unserer ganz persönlichen Wertung sowie vorangegangenen Erfahrungen zu tun.

Auch wenn viele Menschen Angst als etwas sehr Negatives erleben, so hat sie doch auch positive Seiten. Angst ist eine Art internes Warnsystem. Wenn sie nicht gerade so stark ausgeprägt ist, dass wir innerlich erstarren oder aber kopflos vor ihr Reißaus nehmen, kann sie eine Einladung sein, um Situationen bewusst zu reflektieren und aktiv darauf zu reagieren. Würden wir keine Angst kennen, begäben wir uns viel häufiger in Gefahr, da wir uns dieser gar nicht bewusst wären.

Angst wirkt sich auf unser Körperempfinden aus: Das Herz fängt an zu rasen, wir spüren eine Beklemmung, können nur schwer einen klaren Gedanken fassen, sind wie gelähmt oder wollen um jeden Preis fliehen. So zeigt uns unser Körper, dass wir wachsam sein sollen.

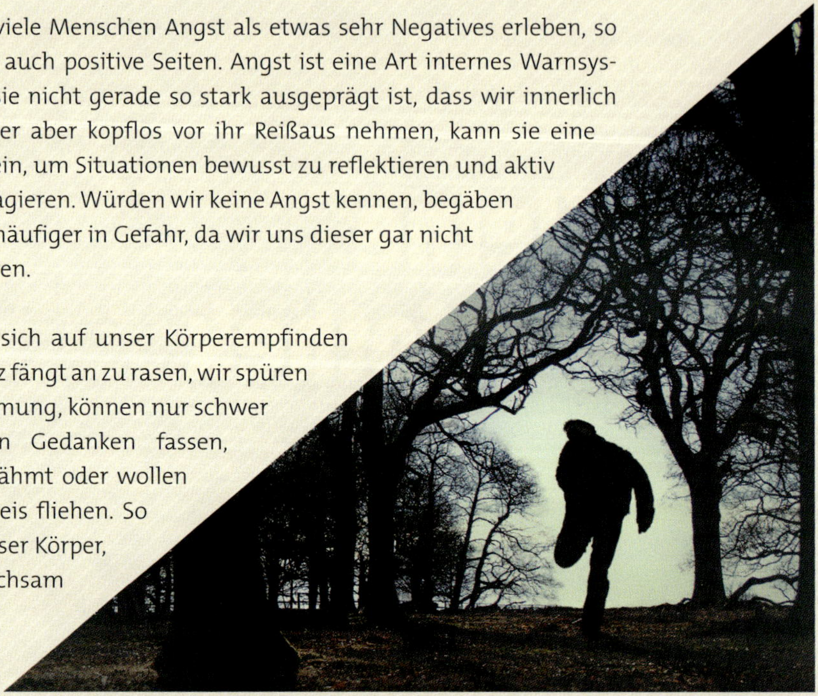

Diese Reaktionen sind vollkommen normal. Jedoch sollte man sich Hilfe suchen, wenn der Leidensdruck zu groß wird, die Angstgefühle sehr lange anhalten, sehr häufig oder aber unangemessen intensiv auftreten. Auch ein starkes Vermeidungsverhalten oder das Gefühl von Kontrollverlust sind Anzeichen, dass die Angst das normale Maß übersteigt.

Da Angst nicht zwingend logisch begründbar ist, kann man vor so ziemlich allem Angst entwickeln. Die Anatidaephobie ist hierfür ein gutes Beispiel. Es handelt sich um die Angst, von einer Ente beobachtet zu werden. Klingt zwar ziemlich lustig, wenn man nicht darunter leidet, ist aber schlimm für all diejenigen, die es tun!

Etwa 10–14 % der Bevölkerung leiden unter so starken Ängsten, dass sie als behandlungsbedürftig eingestuft werden. Hierbei kann man zwischen vielen verschiedenen Formen unterscheiden. Zum einen gibt es akute Ängste, die durch eine konkrete Situation ausgelöst werden, und chronische, die einen Menschen über einen langen Zeitraum begleiten. Es gibt spezifische Ängste und Phobien, bei denen sich der Gegenstand der Angst (Dunkelheit, Spinnen o. Ä.) klar benennen lässt. Doch es existiert auch die sogenannte generalisierte Angst, bei der sich die Angst – salopp ausgedrückt – verselbstständigt und viele zentrale Lebensbereiche maßgeblich beeinflusst. Angst spiegelt das Lebensgefühl der Betroffenen wider. Es gibt auch soziale Ängste, die das Miteinander betreffen. Außerdem sei die Agora-Phobie genannt, die sich durch Angst vor weiten Plätzen oder großen Menschenansammlungen auszeichnet, sowie die Panikstörung, die sich durch plötzlich auftretende, sehr intensive Angstgefühle bemerkbar macht, ohne dass objektiv eine Gefahr besteht.

Angst hat viele Gesichter und keines davon ist freundlich. Deshalb dürfen Sie nach Wegen suchen, ihr die Stirn zu bieten. Dieses Heft möchte dazu einen kleinen Beitrag leisten.

IMPULS 2

GOTT VERSTEHT SIE

Während Sandra es mit der Angst zu tun bekommt, wenn viele Menschen auf kleinstem Raum zusammen sind, fürchtet Patrick sich vor dem, was die Zukunft bringen könnte. Michaela hingegen hat Angst im Dunkeln. Drei Menschen, drei ganz unterschiedliche Ängste. Was Sandra fast schon in den Panikmodus versetzt, ist für die beiden anderen keine große Sache und umgekehrt genauso. Auch wenn sie nicht wirklich nachvollziehen können, was den jeweils anderen solche Angst macht – sie verstehen sehr gut, wie sie sich fühlen!

Matthäus 26,37-39	Seite 42

Es ist keine große Neuigkeit, dass wir Menschen alle mit kleinen oder auch großen Ängsten zu tun haben. Was viele jedoch nicht wissen: Sogar Jesus, Gottes Sohn, kannte Angst. Es war kurz vor seiner Gefangennahme und anschließenden Hinrichtung: Jesus wusste, was ihm bevorstand – und hatte Angst. Hätte es eine Möglichkeit gegeben, diese angstbesetzte Situation zu umgehen, ohne dadurch Gottes Rettungsplan zu vereiteln – er hätte nichts dagegen gehabt. Doch einen Plan B gab es nicht und so schaute er seiner Angst ins Auge. Ja, Jesus weiß aus eigenem Erleben, wie Angst sich anfühlt. Er versteht!

Jesus
Auch er hatte Angst

Jesus versteht Sie, wenn Sie ihm von Ihrer Angst erzählen. Schütten Sie ihm ihr Herz aus und bitten Sie ihn, Ihnen in Ihrer Angst zu begegnen. Wenn es die Umstände erlauben, sprechen Sie es ruhig laut aus.

ES GEHT AUCH ANDERS

Angst kann ein so überwältigend starkes Gefühl sein, dass man zeitweise kaum in der Lage ist, etwas anderes wahrzunehmen. Sie kann aus gestandenen Erwachsenen Angsthasen machen. Angst verändert, kann einem das Gefühl geben, gewissen Dingen gegenüber ohnmächtig zu sein. Sie lähmt. Viele Menschen freunden sich im Laufe der Zeit mit diesem Gefühl als etwas Unabänderlichem an. Dass es auch ganz anders sein könnte, erscheint ihnen abwegig bis schlichtweg unmöglich.

	2. Timotheus 1,7	Seite 42

Seit dem Sündenfall ist Angst ein Teil unserer Lebensrealität. Sie ist jedoch nichts, was Gott ursprünglich für seine Geschöpfe geplant hatte. Er wollte, dass wir ein Leben frei von Angst und Furcht, Krankheit, Leid und Tod führen. Aber dann kam alles anders. Der Sündenfall entfernte die Menschen von Gott. Aber Gott wäre nicht Gott, wenn er nicht alles darangesetzt hätte, die Sache zum Guten zu wenden: Er sandte Jesus, seinen Sohn, in die Welt. Der sollte alles Trennende beseitigen und so Gemeinschaft mit Gott in ganz neuem Maße wieder ermöglichen. Gott sandte seinen Heiligen Geist, der unsere Angst durch Besseres ersetzen will: Kraft, Liebe und innere Ruhe. Gottes Geist in sich zu tragen, bedeutet nicht, sich nie wieder zu fürchten. Vielmehr haben Gottes Kinder eine göttliche Ressource zur Hand, auf die sie jederzeit zurückgreifen können.

Angstvertreiber
Gott schenkt Ihnen seinen Geist

Halten Sie heute ganz bewusst Augen, Ohren und Herz offen für Gottes Reden.

DAS GEDANKEN-KARUSSELL

Es dreht sich und dreht sich und dreht sich – und zwar immer nur im Kreis. Die Rede ist vom Gedankenkarussell. Haben sich Sorgen und Ängste erst einmal in unserem Denken und Fühlen eingenistet, nimmt es Fahrt auf und ist irgendwann kaum noch zu stoppen. Es ist, als hätte es ein Eigenleben entwickelt. Man macht sich Gedanken – viele Gedanken und nur selten produktive. Schlaflose Nächte sind dann vorprogrammiert ...

Matthäus 6,27-34	Seite 42

Sich Sorgen zu machen, bringt einen nicht weiter. In diesem Punkt ist Jesus sehr klar. Sich von Ängsten und Sorgen vereinnahmen zu lassen, führt zu nichts Gutem. Die Rede ist nicht von Sorgen, die in produktives Handeln münden, oder von verantwortlicher Vorsorge. Die Rede ist vielmehr von Sorgen, die lähmen. Diese Art Sorge ist zerstörerisch. Viel besser ist es, sich selbst und die Dinge, die einen bewegen, vor Gott zu bringen. Gott versorgt die Seinen. Jesus wirbt darum, Gott unser Vertrauen zu schenken. Die Natur liefert den Beweis für Gottes Fürsorge und Treue. Wir Menschen sind aufgerufen, Verantwortung für unser Leben zu übernehmen. Wo aber unsere eigenen Möglichkeiten enden, da dürfen wir vertrauensvoll loslassen und alles in Gottes Hände legen.

Sorgen
Gott weiß darum und versorgt

In welche Kategorie würden Sie Ihre Sorgen einordnen: in die unproduktiv-kreisenden oder die produktiv-lösungsorientierten? Falls sie zur erstgenannten Kategorie gehören: Legen Sie Ihre Sorgen in Gottes Hände. Sprechen Sie mit ihm und vertrauen Sie darauf, dass er es gut machen wird. Halten Sie schriftlich fest, was Sie erleben.

Sorgen sind wie
ein Schaukelstuhl:
Sie halten uns
in Bewegung,
bringen uns aber
kein Stück vorwärts.

Unbekannt

Es braucht gar nicht viel, um in einen Angstkreislauf zu geraten: Ein beängstigender Gedanke, ein Ereignis oder aber die Erinnerung an ein früheres Erlebnis reichen aus. Etwas geschieht – faktisch oder auch „nur" in unseren Gedanken – und schon ist der erste Schritt getan.

Dieser erste Schritt zieht oftmals weitere Schritte nach sich. So fangen wir an, uns Gedanken zu machen: negative, angstvolle Gedanken. Diese wiederum färben auf unsere Gefühle ab: Wir fühlen uns mutlos, hilflos, ängstlich, ... Körperliche Reaktionen folgen auf dem Fuße: Unser Herz schlägt plötzlich schneller oder wir spüren den sprichwörtlichen Kloß im Hals bzw. den Stein im Bauch. Wir werden innerlich unruhig, im schlimmsten Fall wird uns sogar schwindelig.

So etwas erlebt niemand gern. Deshalb verändern wir unser Verhalten und versuchen, angstbesetzte Situationen soweit es geht zu meiden. Ist das nicht möglich und die Angst sehr groß, erstarren wir vielleicht innerlich. Erschwerend kommt im Laufe der Zeit oft noch die „Angst vor der Angst" hinzu: Nicht nur die eigentliche Situation macht Angst. Wir haben plötzlich auch Angst vor der mit der Situation einhergehenden Angst und den damit verbundenen Gefühlen.

Je länger man in diesem Angstkreislauf verweilt, desto intensiver wird er erlebt. Die gute Nachricht ist, dass man ihm entkommen kann. Hierzu ist jedoch aktives Gegensteuern nötig:

- Negative Gedanken müssen hinterfragt und durch positive ersetzt werden.
- Die oft als negativ und teilweise sogar beängstigend empfundenen Körperreaktionen müssen angenommen werden: Es ist, wie es gerade ist. Nur auf dieser Grundlage der Akzeptanz ist es möglich, die Signale neu zu deuten und zu lernen, sie zu steuern.
- Gute Erfahrungen müssen bewusst wahrgenommen und abgespeichert werden. So entsteht ein Gegengewicht zu der einseitigen Wahrnehmung, dass alles schlecht ist.
- Hinderliche Überzeugungen wie „Das wird nie gut enden!“ oder „So etwas passiert immer nur mir!“ müssen ebenfalls kritisch hinterfragt und durch Wahrheit ersetzt werden.

Durch diese Maßnahmen entstehen neue Handlungsoptionen: Wir müssen nicht länger angsteinflößende Situationen meiden oder innerlich erstarren. Stattdessen eröffnet sich die Chance, dem, was uns ängstigt, positiv zu begegnen.

Angst ist ein großer Energiefresser. Lassen Sie das nicht länger in Ihrem Leben zu! Sollten Sie merken, dass Sie Unterstützung brauchen, um aus diesem Kreislauf auszubrechen, scheuen Sie bitte nicht davor zurück, professionelle Hilfe in Anspruch zu nehmen!

SORGEN-PARKPLATZ

Sorgenberge türmen sich vor einem auf, Angstgefühle übernehmen das Kommando. Manchmal kommt es einem so vor, als wäre nicht mehr man selbst Herr der Lage, sondern die Angst. Was tun? Die Sorgen sind zu präsent, als dass man sie einfach ausblenden könnte. Der Familie hängt das Thema Angst schon zu den Ohren raus. Freunde reden die Sache klein oder machen sich lustig. An wen kann man sich wenden? Wer versteht und ist nicht überfordert mit den schweren Gedanken?

1. Petrus 5,7	Seite 43

Petrus weiß Rat: Wir sollen unsere Sorgen nehmen – all das, was uns bewegt und niederdrücken will – und es Gott bringen. Ihn interessiert, was uns beschäftigt. Er hält es aus. Vor allem aber kann er für positive Veränderung sorgen. Gott ist der perfekte Ansprechpartner, wenn es um Ängste und Sorgen geht. Nicht immer verändert sich nach einem Gespräch mit ihm eine Situation sichtbar. Nicht immer löst er Probleme so, wie wir uns das vorgestellt hatten. Aber wann immer wir ihm unser Vertrauen schenken, wird er uns mit seinem göttlichen Frieden beschenken ... und oftmals auch mit Ideen, was wir selbst tun können.

Ansprechpartner

Bei Gott sind Ihre Sorgen bestens aufgehoben

Nehmen Sie sich ein Blatt Papier und schreiben Sie alles auf, was Ihnen momentan Sorgen bereitet. Das können ganz diffuse Gefühle sein oder auch sehr konkrete Dinge. Sobald wir Sorgen oder Ängste beim Namen nennen, werden sie greifbar und verlieren dadurch oft schon einen Teil ihres Schreckens. Wenn Sie fertig sind und es Ihnen stimmig erscheint, schreiben Sie unter Ihre Liste die folgenden Worte: „... aber Gott ist größer!"

Sorge ist ein Dauerparker auf der Straße der Angst.

Corrie ten Boom

UNSICHTBAR UND DOCH REAL

Manchmal fragt man sich, ob man noch ganz richtig tickt. Ob man sich nicht in etwas hineinsteigert. In einem Moment ist man noch völlig ruhig, doch schon im nächsten Augenblick kann die innere Unruhe wieder da sein, die Sorgenwolken können den Blick auf die Zuversicht verdecken. Angst ist weder sichtbar noch greifbar, oft noch nicht einmal logisch – und doch sehr spürbar und real. Und sie kann unglaublich bedrohlich wirken. Wie genial wäre es, wenn man ihr etwas entgegensetzen könnte!

Epheser 6,12-18	Seite 43

Wenn Paulus von unsichtbaren Mächten und Gewalten spricht, ist vom Teufel und seinen Dämonen die Rede. Sie sind reale Wesen, die seit dem Sündenfall auf der Erde ihr Unwesen treiben. Als der Teufel Adam und Eva zum Vertrauensbruch an Gott verführte, hielt auch die Angst Einzug ins Leben der Menschen. Paulus zählt die Waffen auf, die Gott uns zur Verfügung stellt, um uns gegen die Angriffe des Teufels wappnen zu können. Diese Schutzausrüstung können wir ebenso in Bezug auf unsere Ängste gut gebrauchen. Vertrauen auf Gott spielt dabei eine zentrale Rolle. Vertrauen, dass Gott alle Macht hat und unser Bestes will. Vertrauen lässt die Lüge des Teufels, wir wären allem ungeschützt ausgeliefert, wie an einem Schutzschild abprallen. Die Wahrheit lautet: Gott ist für uns da!

Gerüstet
Gott gibt Ihnen, was Sie brauchen

Vielleicht mögen Sie den Text mit ihren eigenen Worten und auf Ihr Leben bezogen wiedergeben. Oder Sie ersetzen das Wort „wir“ mit „ich“ oder Ihrem Namen. Lesen Sie den Bibelabschnitt in dieser abgewandelten Form laut vor. Wie fühlt sich das an?

DIE RICHTIGE BLICKRICHTUNG

Schon lange liebäugelt man mit dem Gedanken, einen mutigen Schritt zu wagen, aber die Angst vor dem Ungewissen stellt sich immer wieder in den Weg. In einer Art Mutanfall wagt man es schließlich. Es fühlt sich gut an, richtig, befreiend. Doch dann kommt der erste leichte Gegenwind. Andere hinterfragen die Entscheidung – und schon tritt die Angst wieder auf den Plan, der Mut zerbröselt, man (ver-)zweifelt an sich selbst.

Matthäus 14,24-33	Seite 43

Die Jünger erleben ein Paradebeispiel dafür, wie schnell sich Angst und Mut abwechseln können. Die Erschöpfung vom Rudern auf dem sturmgepeitschten See begünstigt ihre Ängste, lässt sie überreagieren. Als sie Jesus erkennen, kehrt Ruhe ein. Petrus fasst sogar ungeahnten Mut, will einen Vertrauensschritt aufs Wasser wagen. Als er Jesus anschaut, weiß er, dass der ihn niemals untergehen lassen würde. Als sein Blick aber zu den Wellen wandert, macht Angst sich breit – und lässt ihn sinken. Wie Petrus können wir jeden Tag neu entscheiden, worauf wir unseren Blick lenken: auf das, was uns ängstigt, oder auf den, der uns die Angst nehmen kann.

Fokus
Den Blick auf Jesus richten statt auf die Angst

Stellen Sie sich konkret das vor, was Ihnen Angst macht. Dann stellen Sie in Gedanken Gott daneben. Versuchen Sie, den Fokus auf Gott gerichtet zu halten. Wenn Sie merken, dass Ihr Blick wieder in Richtung Sorgen abdriftet, holen Sie Ihren Fokus zurück auf Gott. Am Anfang reicht es, diese Übung eine Minute zu machen. Je öfter Sie sie wiederholen, desto leichter wird es Ihnen fallen.

Je mehr **Platz**
ich **Jesus** gebe,
desto **weniger Raum**
bleibt für die **Angst.**

Peter Hahne

Erste Hilfe *bei Angst*

Ein paar Ideen, was Sie aktiv tun können, wenn Angst sich breitmachen will:

Atmung

Wenn Herz und Gedanken rasen, ist es nur schwer möglich, einen klaren Kopf zu behalten. Der ist aber nötig, um innerlich Abstand zur Angst zu bekommen und gute Entscheidungen treffen zu können. Atmen Sie daher einige Male bewusst – tief – ein – und – wieder – aus. Eine einfache Übung, noch dazu jederzeit und überall umsetzbar und sehr effektiv!

Verstand

Wenn die Angstgefühle das Ruder übernehmen wollen, nutzen Sie Ihren Verstand, um aktiv dagegenzuhalten. Fragen Sie sich zum Beispiel: Wie wahrscheinlich ist es, dass der schlimmste Fall, den ich mir gerade vorstelle, tatsächlich eintritt?

Sicherheitsnetz

Bauen Sie sich ein Sicherheitsnetz, das Sie in Zeiten der Angst trägt. Etwa gute Freunde, an die Sie sich wenden können, oder ein Aktionsplan, der Ihnen ermöglicht, sich selbst in diesen herausfordernden Zeiten zu beruhigen. Welche Ideen haben Sie noch?

Gott

Er sieht Sie, er versteht Sie und fühlt mit Ihnen. Und er ist da, um Ihnen zur Seite zu stehen und zu helfen. Wenden Sie sich an ihn. Klammern Sie ihn nicht aus den Angstzeiten des Lebens aus, sondern nehmen Sie ihn mit ins Boot.

Akzeptanz

Angst zu haben, ist vielen Menschen peinlich, also leugnen sie sie. Das vertreibt die Angst jedoch nicht, sondern kostet viel Energie. Zudem verhindert es, dass nach guten Wegen gesucht werden kann, um mit ihr umzugehen. Sich selbst einzugestehen, dass man Angst hat, erfordert Mut. Wer Ja sagt zu seinen Ängsten, hat bereits den ersten Schritt heraus aus der Angst getan.

Entspannung

Suchen Sie nach Möglichkeiten, sich zu entspannen. Das können wohltuende Hobbys sein, Gebet, Entspannungstechniken, Bewegung, Schreiben etc. Finden Sie Ihren Weg, üben Sie ihn ein und nutzen Sie ihn, wann immer die Angst Sie Ihrer inneren Ruhe berauben will.

Lebensstil

Auch unser Lebensstil (Stress, Schlaf, Ernährung, Bewegung etc.) kann Einfluss auf unsere Empfänglichkeit gegenüber Ängsten nehmen. Wer beispielsweise chronisch übernächtigt ist oder einen hohen Stresslevel hat, ist automatisch anfälliger für diese Dinge. Sorgen Sie daher gut für sich.

Wahrheit

Eine innere Stimme mag uns einzuflüstern versuchen, dass das, was wir gerade erleben, das Ende ist. Das ist eine Lüge und Lügen sollte man die Wahrheit entgegenhalten. Dazu ist es hilfreich, sich einige grundlegende Wahrheiten zu verinnerlichen, zum Beispiel: Gott wird Sie nicht verlassen. Oder Sie leben in einem Land, wo Sie auch im Falle von Arbeitslosigkeit weder ohne Dach über dem Kopf noch ohne Essen oder medizinische Versorgung dastehen.

IMPULS 8

GEMEINSAM DURCHS LEBEN

Es gibt viele Möglichkeiten, auf Angst zu reagieren. Die einen steigern sich in sie hinein, während andere versuchen, sie zu verdrängen. Beides ist wenig hilfreich. Gleiches gilt für die sich noch immer in einigen christlichen Kreisen haltende Lüge, als Kind Gottes würde einem nichts Schlimmes widerfahren. Deutlich hilfreicher wäre es, wenn man die Augen nicht vor dem, was um einen herum ist, verschließt, sich aber dennoch geborgen fühlen könnte. Nur wie soll das gehen?

	Psalm 23	Seite 44

David erlebt genau das: Gottes Nähe auch in den herausfordernden, zeitweise lebensbedrohlichen Phasen des Lebens. Er spricht von finsteren Tälern und lauernden Gefahren, von Feinden und dem Bedürfnis nach Schutz. Die Bedrohung ist real und sie verschwindet auch nicht einfach, nur weil er sein Leben mit Gott lebt. David darf in diesen Zeiten Gottes Nähe erleben und seine Versorgung mit allem, was er zum Leben braucht. Ein Blick in Davids Leben zeigt, dass er nicht immer verschont worden ist. Aber in Gott findet er den Mut, diese Täler zu durchqueren. David redet Schwierigkeiten nicht klein, ist nicht übermütig, sondern handelt mit Bedacht und in dem Wissen, dass Gott da ist – immer.

Begleitschutz
Gott geht an Ihrer Seite

Vor Gott brauchen wir nichts zu beschönigen. Schreiben Sie doch einmal alle aktuellen Herausforderungen auf und alles, was Ihnen Angst macht. Stellen Sie anschließend jedem Punkt eine Bitte an Gott oder einen Dank gegenüber für das, was Gott getan hat oder tun kann.

TUN, WAS GUTTUT

Es gibt Zeiten, da macht es einem nichts aus, die Nachrichten zu schauen. Man will ja informiert sein. Es gibt aber auch Zeiten, da kann man die täglich neuen Katastrophenmeldungen einfach nicht ertragen. Da reicht es, wenn man am Rande die wichtigsten Eckdaten mitbekommt. Details wären einfach zu viel!

	Psalm 34,5-7	Seite 44

Wir können entscheiden, ob wir uns in die Details jeder neuen Hiobsbotschaft vertiefen, alle Sachinformationen samt möglicher damit verbundener Horrorszenarien in uns aufnehmen, oder aber ob wir bewusst Abstand nehmen, ohne dabei die Augen vor dem zu verschließen, was passiert. Wir können auch mit David einen Schritt weitergehen. Er wendet sich an denjenigen, der alles sieht und über allem steht: an Gott. Im vorliegenden Psalm berichtet er von den guten Erfahrungen, die er damit gemacht hat. Und er ermutigt andere, es ebenfalls zu versuchen. David kennt sich mit Ängsten aus. Sie waren zeitweise so stark, dass er das überstarke Bedürfnis hatte, davon befreit zu werden. Und Gott griff ein. Davids Vertrauen auf Gott war die Grundlage. Ein einzelnes Gebet lässt nicht zwingend von jetzt auf gleich alle Ängste verschwinden. Regelmäßige vertrauensvolle Gespräche mit Gott hingegen verändern uns. Die Angst verliert an Kraft.

Erlebt
Gott lässt Ängste schwinden

Überlegen Sie, wem oder was Sie heute Ihr Vertrauen und Ihre Aufmerksamkeit schenken wollen (und wem oder was nicht). Beim Vertrauen ist es in Ordnung, wenn es zu Anfang noch ein sehr vom Verstand gesteuertes Kopfvertrauen ist und nicht 100%ig im Herzen spürbar.

SICHER BEI GOTT

Jeder kennt Orte und Situationen, wo er sich sicher fühlt – oder eben gerade nicht. Was uns dieses Gefühl der Sicherheit vermittelt, ist von Mensch zu Mensch verschieden. Die einen fühlen sich im Dunkeln höchst unwohl, während es für andere kaum etwas Schöneres gibt, als nachts in den Sternenhimmel zu schauen. Jeder Mensch ist einzigartig, jeder tickt anders. Gott weiß das und begegnet daher jedem auf seine Weise.

Psalm 27,1	Seite 44

David spricht von Gott als seinem Licht. Gott macht sein Leben hell. Wo es hell ist, kann man gut sehen, fühlt man sich sicher. Es ist schwieriger, sich im Hellen zu tarnen als im Dunkeln. Das gibt einem das Gefühl, sich tagsüber freier und entspannter bewegen zu können als nachts. Die Bilder vom Licht und der Burg sind Davids Art zu sagen: Ich fühle mich sicher und kann aufatmen. Dabei verschweigt er nicht, dass es noch immer reale Gefahren gibt, die auf ihn lauern. Was sich durch sein Vertrauen in Gott verändert hat, ist seine Wahrnehmung. Er weiß um die Feinde, die sich gegen ihn verschwören. Vor allem aber weiß er um den übernatürlichen inneren Frieden, den Gott ihm angesichts der Bedrohungen schenkt.

Sicher
Gott kann Ängste vertreiben

David gebraucht die Worte „Licht“ und „Burg“, um die von Gott geschenkte Befreiung von Angst zu beschreiben. Welche Bilder würden Sie wählen, um Sicherheit auszudrücken? Welche Rolle spielt Gott in alldem?

*O Herr,
in deinen Armen
bin ich sicher.
Wenn du mich hältst,
habe ich nichts
zu fürchten.
Ich weiß nichts
von der Zukunft,
aber ich vertraue
auf dich.*

Franz von Assisi

Deine **Ängste,** *meine* **Ängste**

Jeder Mensch macht im Laufe des Lebens Bekanntschaft mit Ängsten. Spannend ist jedoch, dass sich nicht alle vor den gleichen Dingen fürchten. Im Gegenteil: Es gibt Dinge, die machen dem einen große Angst, während jemand anderes sie liebt. Nehmen wir Spinnen. Die einen rennen kreischend weg, möchten nicht im selben Raum wie diese Tierchen sein, geschweige denn sie anfassen. Andere hingegen sind von den Achtbeinern fasziniert und halten sich sogar große Exemplare. Spinnen und andere Krabbeltiere machen demnach nicht schon an sich Angst. Die meisten Menschen haben nicht einmal schlechte Erfahrungen mit ihnen gemacht.

Die meisten Kleinkinder sind fasziniert von den achtbeinigen Krabblern – bis sie auf Menschen treffen, die die Anwesenheit einer Spinne mit einem angewiderten „Iiii" kommentieren und Angst ausstrahlen. Kinder lernen dadurch, dass Spinnen potenziell gefährlich sind – warum sonst sollte ein Erwachsener so reagieren? Das ist kein bewusster Prozess. Man beobachtet, deutet das Wahrgenommene und zieht seine Schlüsse. Reagieren mehrere Menschen ähnlich, denken viele, dass die Mehrheit richtigliegen müsse. Beim nächsten Mal sieht man Spinnen plötzlich in einem ganz anderen Licht – und mit einem vollkommenen anderen Gefühl. Man hat die Ängste anderer übernommen.

Ängste übernehmen Menschen auch, indem sie mitbekommen, wie andere über Dinge reden. Hört man zum wiederholten Mal, dass etwas gefährlich sei, beispielsweise alleine im Dunkeln unterwegs zu sein, entwickelt sich dadurch oft mehr als nur ein gesunder Respekt vor Situationen oder Orten. Was hängen bleibt: Dort lauert Gefahr! Und der muss ich aus dem Weg gehen. Wenn ich trotzdem dort bin, sollte ich Angst empfinden. Die Grenze zwischen Aufklärung über mögliche Gefahren und Angstauslösen ist fließend.

Wir lernen von Vorbildern und nehmen dabei viele Dinge unterbewusst wahr. Gerade die Kriegsgeneration trägt große Ängste in sich – verständlicherweise. Werden die in Friedenszeiten nicht bewältigt, werden sie – oftmals unbewusst – an die nachfolgende Generation weitergegeben. Und die trägt sie wiederum so selbstverständlich in sich, dass sie sie ebenfalls an ihre Kinder weitergibt. Verlustängste spielen hier eine große Rolle. Diese Ängste sind so in Fleisch und Blut übergegangen, so tief verinnerlicht, dass man sie kaum noch wahrnimmt. Sie wirken wie ein Teil der eigenen Persönlichkeit, prägen aber nachhaltig das gesamte Leben, die eigene Sicht auf Dinge und die daraus resultierenden Entscheidungen.

Es lohnt sich, die eigenen Ängste zu hinterfragen: Sind das wirklich meine Ängste oder habe ich sie irgendwo erlernt? Von wem? Sind sie berechtigt und wie will ich in Zukunft mit ihnen umgehen?

INNERLICH STARK

Corona-Virus, Waldbrände, Klimakatastrophen, Flugzeugabstürze – wann immer man die Nachrichten einschaltet, erreichen einen neue Schreckensmeldungen. Manche reagieren darauf, indem sie Pläne schmieden, wie sie angesichts dieser Ereignisse Gutes tun können. Andere bleiben innerlich erschüttert und mit der Situation überfordert zurück. Jede neue Hiobsbotschaft, ob in der weiten Welt oder im privaten Umfeld, zieht ihnen den Boden unter den Füßen weg.

Psalm 112,7	Seite 45

Schlechte Nachrichten sind keine Erfindung der heutigen Zeit. Durch die sozialen Medien kriegen wir Dinge nur viel schneller mit. Wir hören nicht nur davon, sondern können oft sogar Bilder und Videos sehen und sind so gefühlt mittendrin. Und das selbst dann, wenn diese Dinge am anderen Ende der Welt passieren und womöglich gar nichts mit uns zu tun haben.

Ruhe
Gott kann sie Ihnen schenken

Der Autor des Psalms hat selbst Erfahrungen mit schlimmen Nachrichten gemacht, dabei aber erleben dürfen, dass er trotz allem innerlich ruhig sein kann. Wo normalerweise Sorgen zuschlagen würden, erlebt er, wie Gott verhindert, dass ihn diese Dinge innerlich lähmen. Das Vertrauen in Gott lässt ihn ruhig werden. Wer ruhig ist, hat einen klaren Kopf – und der ist die Basis, um Dinge analysieren, gute Entscheidungen treffen und entsprechend handeln zu können.

Wenn Sie mögen, schreiben Sie den heutigen Bibelvers auf ein Blatt Papier und legen, kleben oder hängen ihn an eine Stelle, wo Sie ihn möglichst täglich sehen. So können sie sich regelmäßig an das erinnern, was Gott auch Ihnen ermöglichen möchte.

VERSPROCHEN IST VERSPROCHEN

Kaum einer hat das Glück, durchs Leben zu gehen, ohne jemals von jemandem enttäuscht zu werden. Wer so etwas erlebt hat, möchte nicht, dass sich solch eine Erfahrung wiederholt. Zusagen und Versprechungen anderer werden infrage gestellt. Die Angst, wieder der Gelackmeierte zu sein, geht mit. Erfahrungen prägen unser Leben und die Erwartungen, die wir an zukünftige Ereignisse haben. Umso wichtiger ist es, diesen negativen Erfahrungen ganz bewusst positive entgegenzusetzen!

	Hebräer 13,5b-6	Seite 45

Wenn Gott sich in der Bibel mit einer Mutter oder einem Vater vergleicht, Jesus sich Bruder und Freund nennt, dann geschieht das, um uns Dinge mit Worten zu erklären, die wir verstehen und zu denen wir einen natürlichen Bezug haben. Diese Bilder haben aber auch ihre Grenzen. Es mag Freunde geben, Geschwister und Eltern, die Versprechen nicht ernst nehmen oder sogar bewusst Dinge versprechen, die sie gar nicht vorhaben zu halten. Gott ist anders: Er steht immer zu seinem Wort. Josua, von dem in Vers 5b die Rede ist, konnte das bestätigen. Nicht immer verstand er, warum Gottes etwas Unerwartetes tat oder etwas Erhofftes nicht tat, doch wie immer es Josua (er-)ging, Gott stand ihm treu zur Seite. Das gilt auch für uns, wenn wir ihm vertrauen. In ihm haben wir einen Starken an unserer Seite. Das setzt Dinge ins richtige Verhältnis.

Ehrenwort

Gott lässt Sie niemals im Stich!

Lesen Sie den Bibeltext noch einmal in Ruhe durch. Gerne auch laut. Und wenn Sie mögen, lesen Sie ihn auf sich persönlich bezogen und setzen Sie Ihren Namen ein. Halten Sie es für möglich, dass das wahr ist?

Wenn *Bibelworte* nicht trösten

Die Bibel enthält viele tröstende Verse und Zusagen Gottes. Diese werden gerne gewählt, um Menschen in Not Mut zu machen. Manchmal wird sogar die Empfehlung ausgesprochen, sich einfach einen Vers auszusuchen und ihn sich selbst als eine Art Segenswort zuzusprechen. Nicht jeder macht damit gute Erfahrungen. Im Gegenteil: So manch einer ist anschließend frustriert und enttäuscht, womöglich sogar regelrecht sauer auf Gott, weil dieser, so seine Wahrnehmung, nicht zu seinem Wort steht. Statt Trost zu spenden, wird im schlimmsten Fall Misstrauen in Gottes Verlässlichkeit und die der Bibel geschürt. Wie kann das sein?

In der Tat enthält die Bibel viel Tröstliches. Nur wird manchmal aus dem Blick verloren, dass sich einige dieser Worte an eine konkrete Person oder Gruppe von Menschen in ganz konkreten Situationen gerichtet haben und nicht ohne Weiteres verallgemeinert werden können.

Es ist so, wie wenn ich unserer Tochter verspreche, ihr zu ihrem 18. Geburtstag ein Auto zu schenken. Das gilt für sie – und nur für sie. Wer versucht, dieses Versprechen auch für sich geltend zu machen, also erwartet, dass ich ihm oder seinem Kind zur Volljährigkeit einen fahrbaren Untersatz spendiere, wird enttäuscht werden. Es ist ein Versprechen von mir an meine Tochter und an niemanden sonst.

Auch in der Bibel finden sich viele solcher „personengebundenen“ Zusagen. Nicht jedes Versprechen gilt immer für alle. Wenn es in Jesaja 43,2 heißt, dass man weder in den Fluten ertrinken noch im Feuer verbrennen wird, dann wäre es nicht gut, diese Aussage wortwörtlich zu nehmen. Springt ein Nichtschwimmer zum Beispiel ins Wasser, wäre das fatal für ihn. Er kann den Vers noch so oft wiederholen – er wird Probleme kriegen.

Gott spricht durch die Bibel und oft schenkt er auch Ermutigung, Korrektur und Neuausrichtung durch Verse, die sich an jemand anderen richten. Das ist aber etwas vollkommen anderes, als wenn man selbst wahllos Bibelverse aus ihrem Kontext reißt und für sich oder andere beansprucht.

Statt so etwas zu tun, sollten wir durch das Lesen der Bibel Gott immer besser kennenlernen. Lesen Sie Gottes Wort, und zwar vollständig, nicht nur immer wieder die besonders lieb gewonnenen, leicht verständlichen Passagen. Beim Lesen erfahren wir viel über Gott, seinen Willen, sein Wesen sowie seine Pläne für uns Menschen. Diese Dinge sind zeitlos, auf sie ist Verlass. Wir dürfen außerdem von den Erfahrungen anderer Menschen mit Gott lernen. Wenn wir wissen, dass Gott treu ist und Gutes will für seine Kinder, dann darf uns das definitiv Mut für unser eigenes Leben machen.

IMPULS 13

VON GOTT GESEHEN

Die Vereinten Nationen schätzen die Weltbevölkerung aktuell auf knapp acht Milliarden Menschen. Eine Milliarde sind tausend Millionen, eine Zahl mit neun Nullen. Das sind mehr Menschen, als die meisten von uns sich überhaupt vorstellen können. Sie alle auch noch persönlich zu kennen, ist absolut unmöglich! Viele kriegen schon bei acht neuen Kontakten Schwierigkeiten, sich die Namen und wichtigsten Informationen zu merken. Aber das Ganze dann mal eine Milliarde? Nie im Leben!

Matthäus 10,29-31	Seite 45

Was für Menschen undenkbar ist, ist für Gott ein Klacks. Er merkt sich nicht nur die Namen aller aktuell lebenden Personen, sondern kennt jeden Menschen bis ins kleinste Detail. Der Grund ist nicht, dass er uns ausspionieren will, sondern dass wir ihm wichtig sind. Wenn Gott sogar jederzeit problemlos sagen könnte, wie viele Haare jeder Einzelne auf dem Kopf trägt, dann weiß er auch, was sonst noch in unserem Leben los ist. Er kennt alle Facetten davon: Freuden, Fragen, Zweifel, Hoffnungen und Ängste.

Gesehen
Sie sind Gott wichtig

Gott sieht Sie! Er nimmt Anteil an Ihrem Leben. Was macht dieser Gedanke mit Ihnen? Lassen Sie sich beim nächsten Blick in den Spiegel daran erinnern: Gott sieht Sie liebevoll an.

ANGSTFREIER RAUM

Sich in einer Beziehung unbeschwert fallen lassen können – wann haben Sie das erleben dürfen? Beim Partner? Als kleines Kind bei Vater oder Mutter? In einer Freundschaft? Es braucht viel Vertrauen, um ganz loszulassen, ganz man selbst zu sein und auch noch die letzte schützende Maske abzulegen. Andere haben Erwartungen an uns, aber auch wir selbst – und dazu die Angst, nicht zu genügen. Die Beziehung zu Gott bildet hier oft keine Ausnahme.

1. Johannes 4,18	Seite 45

Wahre Liebe vertreibt die Angst. Die Rede ist von der Liebe Gottes zu seinen Kindern. Die Bibel sagt über Gott, dass er Liebe ist – Liebe in Reinform. Jeder Vergleich mit einer Liebe zwischen zwei Menschen hinkt daher. In dieser Liebe Gottes ist kein Platz für Angst. Das bedeutet nicht, dass Gott keine Beziehung zu Menschen haben möchte, die Angst haben. Vielmehr sagt Johannes in seinem Brief, dass die Liebe Gottes so groß ist, dass, wer sie erlebt, keinen Grund mehr hat, etwas aus Angst vor Gott zurückzuhalten. Gott kennt all unsere Fehler, Macken und Sünden, aber das ändert nichts an seinem Ja zu uns. Wahre Liebe ist ein Geschenk, das freiwillig gegeben wird. Gott wünscht sich, dass wir in der Beziehung zu ihm die Angst ablegen können, weil wir wissen: Seine Liebe ist stärker als alles, was uns Angst macht.

Liebe
In ihr ist kein Raum für Angst

Die Beziehungen, die wir zu anderen Menschen haben oder hatten, prägen uns. Lassen Sie Ihre wichtigsten Beziehungen vor Ihrem inneren Auge Revue passieren. Wie haben sie spätere Beziehungen beeinflusst? Inwiefern übertragen Sie diese Erfahrungen auch auf Gott?

IMPULS 15

ÜBERNATÜRLICH

„Mach dir keine Sorgen!" ist ein sicher gut gemeinter Ratschlag, den schon viele bekommen haben, der aber nur schwer umzusetzen ist. Leider gibt es keinen Aus-Knopf, den man drücken kann, und schon hört das Grübeln auf und die unangenehmen Gefühle verschwinden. Manchmal fühlt es sich auch einfach „produktiver" an, sich über Dinge den Kopf zu zerbrechen, als nichts zu tun. Aber gibt es eine Alternative?

Philipper 4,6-7	Seite 45

Paulus nennt in seinem Brief an die Philipper eine echte Alternative: das Gebet. Statt sich in sein Gedankenkarussell zu setzen oder sich allem hilflos ausgeliefert zu fühlen und zu erstarren, schlägt er vor, Gott von der Angst zu erzählen. Nicht, dass Gott davon nichts wüsste, aber er freut sich, wenn wir es ihm sagen. Es ist ein Vertrauensbeweis, es auszusprechen. Wir dürfen ihm unsere Bitten bringen, aber auch die Augen auf das richten, was in allen Herausforderungen gut ist. Dieses Reden mit Gott verändert. Wenn wir nicht einfach alles runterrattern, sondern wirklich in Kontakt treten mit Gott, dann beschenkt er uns mit seinem Frieden. Das ist ein Frieden, der menschlich betrachtet nicht logisch, aber dennoch absolut real ist.

Ruhig
Gott schenkt Ihnen seinen Frieden

Haben Sie diesen besonderen Frieden Gottes schon einmal erlebt? Was macht ihn in Ihren Augen so anders, so besonders? Sollten Sie ihn noch nie erlebt haben, bitten Sie Gott darum, Ihnen diese Erfahrung zu schenken.

ABSOLUT SICHER

Wer hat nicht schon erlebt, dass selbst Kleinigkeiten eine Beziehung kippen können? Schicksalsschläge und existenzielle Bedrohungen stellen viele Beziehungen auf die Probe und leider scheitert ein Großteil daran. Was eine Beziehung aushält, erfährt man oft erst, wenn sie Belastungsproben ausgesetzt ist.

Römer 8,35-39	Seite 46

Paulus fasst in seinem Brief an die Römer in Worte, wovon er zutiefst überzeugt ist: Nichts, aber auch wirklich gar nichts kann uns von Gottes Liebe trennen! Er nennt viele, sehr unterschiedliche Belastungsproben, die man nur ungern erleben möchte. Diese Beispiele sind nicht an den Haaren herbeigezogen, sondern spiegeln die damalige Realität wider. Wer sich für ein Leben im Vertrauen auf Jesus entschied, musste mit solchen Konsequenzen rechnen. Paulus lehrt nicht, dass „echten Christen" solche Dinge nicht widerfahren, dass „wahre Christen" keine Ängste kennen, sondern dass all diese Dinge sich nicht zwischen Gott und seine Kinder stellen können.

Untrennbar

Gott hält an der Beziehung zu Ihnen fest

Wie denken Sie über das, was Paulus hier schreibt? Stimmen Sie zu oder gibt es Dinge, von denen Sie glauben, dass sie sich dennoch trennend zwischen Sie und Gottes Liebe stellen könnten? Wenn Sie mögen, nehmen Sie Paulus' Worte und formulieren Sie sie so um, dass sie Ihre Gedanken über sich und Ihre Beziehung zu Gott wiedergeben. Seien Sie ganz ehrlich. Bringen Sie Gott ihren Dank, aber auch mögliche Zweifel zum Ausdruck. Er hört und versteht.

ZUGESICHERT

„Das wird schon!" – „Mach dir keinen Kopf!" – „Alles wird gut!" Aussagen wie diese sollen ermutigen, nur tun sie das oft nicht. Denn warum sollte einfach so alles gut werden? Was weiß die Person überhaupt über die konkrete Situation? Ganz anders ist es, wenn man Mut zugesprochen bekommt von jemandem, der sich auskennt, der womöglich selbst schon in einer vergleichbaren Situation gewesen ist und die Tragweite ermessen kann. Dann sind es mehr als leere Worthülsen, dann sind es Hoffnung stiftende Sätze.

Johannes 16,33	Seite 46

Jesus redet Dinge nicht schön, sondern sieht ihnen ins Auge: den reellen Gefahren, dem, was ängstigt und herausfordert und auf seine Jünger zukommt. In diese Situation hinein schenkt er ihnen Hoffnung: Hoffnung auf seinen Frieden und darauf, all diese Dinge mutig durchstehen zu können. Der Grund hierfür findet sich im letzten Satz: „Ich habe die Welt besiegt." Gemeint sind der Teufel und seine Verbündeten sowie alles, was er durch den Sündenfall in diese Welt gebracht hat. Noch darf er sein unheilvolles Unwesen treiben. Aber es ist nur das letzte Aufbäumen vor seiner endgültigen Vernichtung. Bis dahin gilt: Jesus ist stärker als alles, was uns Angst macht. Deshalb dürfen wir mutig und voller Zuversicht in die Zukunft gehen.

Sieger
Jesus ist stärker als alles Böse

Wo setzt Ihnen das Leben gerade hart zu, was belastet Sie? Wo könnten Sie in dieser Situation eine extragroße Portion Mut und inneren Frieden gebrauchen? Was würde die Lage verändern? Machen Sie sich bewusst: Angst hat nicht das letzte Wort, es sei denn, Sie erteilen es ihr!

Beten heißt:
sich aus der Angst
der Welt aufmachen
und zum Vater gehen.

Friedrich von Bodelschwingh

IMPULS 18

TOLLE AUSSICHTEN

Wir alle haben Träume. Dazu gehören auch die Träume von einer (besseren) Zukunft. Wir hoffen und manchmal flüchten wir regelrecht in unsere Zukunftsfantasien. Wenn sie positiv sind, hilft uns das, die Ängste und Sorgen wenigstens kurzzeitig abzuschütteln. Aber irgendwann kommen wir wieder im Jetzt an und die Frage steht im Raum, ob unsere Träume nicht vielleicht doch nur Schäume sind ...

	Offenbarung 21,1-5a	Seite 46

Je nachdem, wovon Sie träumen, kann es sein, dass Ihre Träume wirklich nicht in Erfüllung gehen. Aber wir haben die Zusage Gottes, dass er seinen „Traum" Wirklichkeit werden lässt: eine neue Welt, in der all das, was seit dem Sündenfall auf dieser Erde schiefgelaufen ist, nicht mehr existieren wird. Als Gott die Welt schuf, hatte er einen guten Plan, in dem Angst keine Rolle spielte. Sünde und Misstrauen der ersten Menschen vereitelten diesen Plan, aber in Jesus fiel der Startschuss für einen zweiten Anlauf. Was Johannes da im Auftrag Gottes im Buch der Offenbarung festhält, mag zu schön klingen, um wahr sein zu können – aber es wird wahr werden! Gott macht alles neu. Nicht nur ein bisschen besser, sondern absolut perfekt. Alles bloße Jenseitsvertröstung? Nein, die zuversichtliche Erwartung dieser herrlichen Zukunft macht schon jetzt unsere Gegenwart hell, gibt uns Hoffnung und Kraft für das, was jetzt anliegt. Das ist begründete Vorfreude!

Happy End
Gott macht allem Leid ein Ende

Nehmen Sie sich zum Abschluss einen Augenblick Zeit, um die Worte über die neue Welt noch einmal in Ruhe zu lesen und wirken zu lassen. Worauf freuen Sie sich am meisten?

**Wir wissen nicht,
was kommt;
aber wir wissen,
wer kommt.
Das heißt:
die Angst verlieren,
weil ich die letzte
Wirklichkeit kenne.**

Helmut Thielicke

BIBELTEXTE

IMPULS 1	1. Mose 3,10	Seite 6

[10] [Adam] antwortete: „Ich hörte dich kommen und bekam Angst, weil ich nackt bin. Da habe ich mich versteckt!“

1. Mose 3,10 (GNB)

IMPULS 2	Matthäus 26,37-39	Seite 10

[37] Petrus und die beiden Söhne von Zebedäus nahm er [Jesus] mit. Angst und tiefe Traurigkeit befielen ihn, [38] und er sagte zu ihnen: „Ich bin so bedrückt, ich bin mit meiner Kraft am Ende. Bleibt hier und wacht mit mir!“ [39] Dann ging er noch ein paar Schritte weiter, warf sich nieder, das Gesicht zur Erde, und betete: „Mein Vater, wenn es möglich ist, erspare es mir, diesen Kelch trinken zu müssen! Aber es soll geschehen, was du willst, nicht was ich will.“

Matthäus 26,37-39 (GNB)

IMPULS 3	2. Timotheus 1,7	Seite 11

[7] Denn Gott hat uns nicht gegeben den Geist der Furcht, sondern der Kraft und der Liebe und der Besonnenheit.

2. Timotheus 1,7 (LUT)

IMPULS 4	Matthäus 6,27-34	Seite 12

[27] „Wer von euch kann durch Sorgen sein Leben auch nur um einen Tag verlängern? [28] Und warum macht ihr euch Sorgen um das, was ihr anziehen sollt? Seht, wie die Blumen auf den Feldern wachsen! Sie arbeiten nicht und machen sich keine Kleider, [29] doch ich sage euch: Nicht einmal Salomo bei all seinem Reichtum war so prächtig gekleidet wie irgendeine von ihnen. [30] Wenn Gott sogar die Feldblumen so ausstattet, die heute blühen und morgen verbrannt werden, wird er sich dann nicht erst recht um euch kümmern? Habt ihr so wenig Vertrauen? [31] Also macht euch keine Sorgen! Fragt nicht: ‚Was sollen wir essen?‘ ‚Was sollen wir trinken?‘ ‚Was sollen wir anziehen?‘ [32] Mit all dem plagen sich Menschen, die Gott nicht

kennen. Euer Vater im Himmel weiß, dass ihr all das braucht. 33 Sorgt euch zuerst
darum, dass ihr euch seiner Herrschaft unterstellt, und tut, was er verlangt, dann
wird er euch schon mit all dem anderen versorgen. 34 Quält euch also nicht mit
Gedanken an morgen; der morgige Tag wird für sich selber sorgen. Es genügt, dass
jeder Tag seine eigene Last hat."

Matthäus 6,27-34 (GNB)

IMPULS 5	1. Petrus 5,7	Seite 17

7 Alle eure Sorgen werft auf ihn, denn er sorgt für euch.

1. Petrus 5,7 (GNB)

IMPULS 6	Epheser 6,12-18	Seite 19

12 Denn wir kämpfen nicht gegen Menschen. Wir kämpfen gegen unsichtbare
Mächte und Gewalten, gegen die bösen Geister, die diese finstere Welt beherr-
schen. 13 Darum greift zu den Waffen Gottes! Wenn dann der schlimme Tag kommt,
könnt ihr Widerstand leisten, jeden Feind niederkämpfen und siegreich das Feld
behaupten. 14 Seid also bereit! Legt die Wahrheit als Gürtel um und die Gerechtig-
keit als Panzer an. 15 Bekleidet euch an den Füßen mit der Bereitschaft, die Gute
Nachricht vom Frieden mit Gott zu verkünden. 16 Vor allem haltet das Vertrauen auf
Gott als Schild vor euch, mit dem ihr alle Brandpfeile des Satans abfangen könnt. 17
Die Gewissheit eurer Rettung sei euer Helm und das Wort Gottes das Schwert, das
der Geist euch gibt. 18 Betet dabei zu jeder Zeit und bittet Gott in der Kraft seines
Geistes. Seid wach und hört nicht auf, für alle Gläubigen zu beten.

Epheser 6,12-18 (GNB)

IMPULS 7	Matthäus 14,24-33	Seite 20

24 Das Boot mit den Jüngern war inzwischen weit draußen auf dem See. Der Wind
trieb ihnen die Wellen entgegen und machte ihnen schwer zu schaffen. 25 Im letz-
ten Viertel der Nacht kam Jesus auf dem Wasser zu ihnen. 26 Als die Jünger ihn auf
dem Wasser gehen sahen, erschraken sie und sagten: „Ein Gespenst!", und schrien
vor Angst. 27 Sofort sprach Jesus sie an: „Fasst Mut! Ich bin's, fürchtet euch nicht!"
28 Da sagte Petrus: „Herr, wenn du es bist, dann befiehl mir, auf dem Wasser zu dir
zu kommen!" 29 „Komm!", sagte Jesus. Petrus stieg aus dem Boot, ging über das

Wasser und kam zu Jesus. 30 Als er dann aber die hohen Wellen sah, bekam er
Angst. Er begann zu sinken und schrie: „Hilf mir, Herr!“ 31 Sofort streckte Jesus
seine Hand aus, fasste Petrus und sagte: „Du hast zu wenig Vertrauen! Warum
hast du gezweifelt?“ 32 Dann stiegen beide ins Boot, und der Wind legte sich. 33
Die Jünger im Boot warfen sich vor Jesus nieder und riefen: „Du bist wirklich
Gottes Sohn!“

Matthäus 14,24-33 (GNB)

IMPULS 8	Psalm 23	Seite 24

1 Ein Lied Davids. Der Herr ist mein Hirt; darum leide ich keine Not. 2 Er bringt
mich auf saftige Weiden, lässt mich ruhen am frischen Wasser 3 und gibt mir
neue Kraft. Auf sicheren Wegen leitet er mich, dafür bürgt er mit seinem Na-
men. 4 Und muss ich auch durchs finstere Tal – ich fürchte kein Unheil! Du, Herr,
bist ja bei mir; du schützt mich und du führst mich, das macht mir Mut. 5 Vor
den Augen meiner Feinde deckst du mir deinen Tisch; festlich nimmst du mich
bei dir auf und füllst mir den Becher randvoll. 6 Deine Güte und Liebe umgeben
mich an jedem neuen Tag; in deinem Haus darf ich nun bleiben mein Leben
lang.

Psalm 23 (GNB)

IMPULS 9	Psalm 34,5-7	Seite 25

5 Ich wandte mich an den Herrn und er antwortete mir; er befreite mich von
allen meinen Ängsten. 6 Wenn ihr zum Herrn blickt, dann leuchtet euer Gesicht,
euer Vertrauen wird nicht enttäuscht. 7 Hier steht einer, der um Hilfe rief. Der
Herr hat ihn gehört und ihn aus jeder Bedrängnis gerettet.

Psalm 34,5-7 (GNB)

IMPULS 10	Psalm 27,1	Seite 26

1 Von David. Der Herr ist mein Licht, er befreit mich und hilft mir; darum habe
ich keine Angst. Bei ihm bin ich sicher wie in einer Burg; darum zittere ich vor
niemand.

Psalm 27,1 (GNB)

IMPULS 11	Psalm 112,7	Seite 30

7 Schlimme Nachricht macht ihm keine Angst, mit ruhigem Herzen vertraut er dem
Herrn.

Psalm 112,7 (GNB)

IMPULS 12	Hebräer 13,5b-6	Seite 31

5b Gott hat doch gesagt: „Niemals werde ich dir meine Hilfe entziehen, nie dich im
Stich lassen.“ 6 Wir dürfen also getrost sagen: „Der Herr steht mir bei; nun fürchte
ich nichts mehr. Was könnte ein Mensch mir schon tun?“

Hebräer 13,5b-6 (GNB)

IMPULS 13	Matthäus 10,29-31	Seite 34

29 „Kauft man nicht zwei Spatzen für einen Groschen? Und doch fällt nicht einmal
ein Spatz auf die Erde, ohne dass euer Vater es weiß. 30 Bei euch aber ist sogar jedes
Haar auf dem Kopf gezählt. 31 Habt also keine Angst: Ihr seid Gott mehr wert als ein
ganzer Schwarm Spatzen!“

Matthäus 10,29-31 (GNB)

IMPULS 14	1. Johannes 4,18	Seite 35

18 Die Liebe kennt keine Angst. Wahre Liebe vertreibt die Angst. Wer Angst hat und vor der Strafe zittert, bei dem hat die Liebe ihr Ziel noch nicht erreicht.

1. Johannes 4,18 (GNB)

IMPULS 15	Philipper 4,6-7	Seite 36

6 Macht euch keine Sorgen, sondern wendet euch in jeder Lage an Gott und bringt
eure Bitten vor ihn. Tut es mit Dank für das, was er euch geschenkt hat. 7 Dann wird
der Frieden Gottes, der alles menschliche Begreifen weit übersteigt, euer Denken
und Wollen im Guten bewahren, geborgen in der Gemeinschaft mit Jesus Christus.

Philipper 4,6-7 (GNB)

IMPULS 16	Römer 8,35-39	Seite 37

35 Kann uns noch irgendetwas von Christus und seiner Liebe trennen? Etwa
Leiden, Angst und Verfolgung, Hunger oder Kälte, Gefahren für Leib und Leben
oder gar die Hinrichtung? 36 Es ergeht uns wirklich so, wie es in den Heiligen
Schriften steht: „Weil wir zu dir, Herr, gehören, sind wir ständig in Todesgefahr.
Wir werden angesehen wie Schafe, die zum Schlachten bestimmt sind." 37 Aber
mitten in alldem triumphieren wir als Sieger mit Hilfe dessen, der uns so sehr
geliebt hat. 38 Ich bin ganz sicher, dass nichts uns von seiner Liebe trennen kann:
weder Tod noch Leben, weder Engel noch Dämonen noch andere gottfeindliche
Mächte, weder Gegenwärtiges noch Zukünftiges, 39 weder Himmel noch Hölle.
Nichts in der ganzen Welt kann uns jemals trennen von der Liebe Gottes, die uns
verbürgt ist in Jesus Christus, unserem Herrn.

Römer 8,35-39 (GNB)

IMPULS 17	Johannes 16,33	Seite 38

33 „Dies alles habe ich euch gesagt, damit ihr in meinem Frieden geborgen seid.
In der Welt wird man euch hart zusetzen, aber verliert nicht den Mut: Ich habe
die Welt besiegt!"

Johannes 16,33 (GNB)

IMPULS 18	Offenbarung 21,1-5a	Seite 40

1 Dann sah ich einen neuen Himmel und eine neue Erde. Der erste Himmel und
die erste Erde waren verschwunden und das Meer war nicht mehr da. 2 Ich sah,
wie die Heilige Stadt, das neue Jerusalem, von Gott aus dem Himmel herab-
kam. Sie war festlich geschmückt wie eine Braut für ihren Bräutigam. 3 Und vom
Thron her hörte ich eine starke Stimme rufen: „Dies ist die Wohnstätte Gottes
bei den Menschen! Er wird bei ihnen wohnen, und sie werden seine Völker sein.
Gott selbst wird als ihr Gott bei ihnen sein. 4 Er wird alle ihre Tränen abwischen.
Es wird keinen Tod mehr geben und keine Traurigkeit, keine Klage und keine
Quälerei mehr. Was einmal war, ist für immer vorbei." 5 Dann sagte der, der auf
dem Thron saß: „Gebt Acht, jetzt mache ich alles neu!"

Offenbarung 21,1-5a (GNB)

Links zum Thema Angst

Wenn Sie mehr Informationen über den Umgang mit der Angst suchen oder an einer Selbsthilfegruppe teilnehmen möchten, dann sind die folgenden Stellen zu empfehlen.

www.nakos.de
Die Nationale Kontakt- und Informationsstelle zur Anregung und Unterstützung von Selbsthilfegruppen (NAKOS) bietet eine umfassende Datenbank zu Informationen rund um das Thema Selbsthilfearbeit sowie eine Suchmaschine, um regionale sowie überregionale Selbsthilfegruppen zu jedem beliebigen Thema zu finden, selbstverständlich auch zum Thema Angst und Panik.

www.angstselbsthilfe.de
Die Deutsche Angst-Hilfe e. V. bietet viele Informationen rund um das Thema Angst- und Panikstörung, bietet eine Online-Beratung und vermittelt Kontakt zu Selbsthilfegruppen. Gefördert von diversen Krankenkassen und *die* Infoseite zum Thema.

www.selbsthilfeschweiz.ch
Hier gibt es allgemeine Informationen zum Thema Angst und eine Suchmaschine für lokale Selbsthilfegruppen. Die Seite wird in Deutsch, Französisch und Italienisch angeboten.

Denn Gott
hat uns nicht
gegeben
den Geist der Furcht
sondern
der Kraft
der Liebe und
der
Besonnenheit
2. Timotheus 1,7

BLB

WAS IST DER BIBELLESEBUND?

Wir sind von der Bibel und ihrer Botschaft begeistert! Diese Begeisterung möchten wir teilen und weitergeben. Deshalb unterstützen wir Menschen jeder Altersgruppe dabei, einen eigenen Zugang zur Bibel zu erhalten und in ihrem Alltag mit der Bibel zu leben. International kennt man uns unter Scripture Union. Wie viele andere christliche Werke auch, arbeiten wir auf der Glaubensgrundlage der Evangelischen Allianz.

Kurz gesagt:

Wir möchten ...

... Menschen aller Altersgruppen

mit der Guten Nachricht von Jesus Christus bekannt machen

und sie ermutigen,

ihm durch Bibellesen und Gebet täglich zu begegnen.

Dies tun wir durch weltweite Einsätze

und Publikationen.

Wenn Sie mehr wissen möchten:
www.bibellesebund.net

Lust auf mehr?

Nun haben Sie anhand dieses Heftes 18 Impulse aus der Bibel erhalten. Wir hoffen, dass Sie dabei wertvolle Gedanken für Ihr Leben mitnehmen konnten. Wenn dieses Heft Ihr Interesse an der Bibel und weiteren Themen geweckt hat, dann finden Sie hier weitere Möglichkeiten, Entdeckungen in der Bibel zu machen.

Thematisches Bibellesen

Weitere Hefte folgen.
Hier erfahren Sie mehr: **shop.bibellesebund.net**